Los Puritanos y otros cuentos

Armando Palacio Valdés

Los Puritanos y otros cuentos

EL PÁJARO EN LA NIEVE

ERA ciego de nacimiento. Le habían enseñado lo único que los ciegos suelen aprender, la música; y fue en este arte muy aventajado. Su madre murió pocos años después de darle la vida; su padre, músico mayor de un regimiento, hacía un año solamente. Tenía un hermano en América que no daba cuenta de sí; sin embargo, sabía por referencias que estaba casado, que tenía dos niños muy hermosos y ocupaba buena posición. El padre indignado, mientras vivió, de la ingratitud del hijo, no quería oír su nombre; pero el ciego le guardaba todavía mucho cariño; no podía menos de recordar que aquel hermano, mayor que él, había sido su sostén en la niñez, el defensor de su debilidad contra los ataques de los demás chicos, y que siempre le hablaba con dulzura. La voz de Santiago, al entrar por la mañana en su cuarto diciendo: «¡Hola, Juanito! arriba, hombre, no duermas tanto,» sonaba en los oídos del ciego más grata y armoniosa que las teclas del piano y las cuerdas del violín. ¿Cómo se había trasformado en malo aquel corazón tan bueno? Juan no podía persuadirse de ello, y le buscaba un millón de disculpas: unas veces achacaba la falta al correo; otras se le figuraba que su hermano no quería escribir hasta que pudiera mandar mucho dinero; otras pensaba que iba a darles una sorpresa el mejor día presentándose cargado de millones en el modesto entresuelo que habitaban: pero ninguna de estas imaginaciones se atrevía a comunicar a su padre: únicamente cuando éste, exasperado, lanzaba algún amargo apóstrofe contra el hijo ausente, se atrevía a decirle: «No se desespere V., padre; Santiago es bueno; me da el corazón que ha de escribir uno de estos días.»

El padre se murió sin ver carta de su hijo mayor, entre un sacerdote que le exhortaba y el pobre ciego que le apretaba convulso la mano, como si tratase de retenerle a la fuerza en este mundo. Cuando quisieron sacar el cadáver de casa sostuvo una lucha frenética, espantosa, con los empleados fúnebres. Al fin se quedó solo; pero ¡qué soledad la suya! Ni padre, ni madre, ni parientes, ni amigos; hasta el sol le faltaba, el amigo de todos los seres creados. Pasó dos días metido en su cuarto, recorriéndolo de una esquina a otra como un lobo enjaulado, sin probar alimento. La criada, ayudada por una vecina compasiva, consiguió al cabo impedir aquel suicidio: volvió a comer y pasó la vida desde entonces rezando y tocando el piano.

El padre, algún tiempo antes de morir, había conseguido que le diesen una plaza de organista en una de las iglesias de Madrid, retribuida con catorce reales diarios: no era bastante, como se comprende, para sostener una casa abierta, por modesta que fuese; así que, pasados los primeros quince días, nuestro ciego vendió por algunos cuartos, muy pocos por cierto, el humilde ajuar de su morada, despidió a la criada y se fue de pupilo a una casa de huéspedes pagando ocho reales; los seis restantes le bastaban para atender a las demás necesidades. Durante algunos meses vivió el ciego sin salir a la calle más que para cumplir su obligación; de casa a la iglesia, y de la iglesia a casa. La tristeza le tenía dominado y abatido de tal suerte, que apenas despegaba los labios; pasaba las horas componiendo una gran misa de requiem que contaba se tocase por la caridad del párroco en obsequio del alma de su difunto padre; y ya que no podía decirse que tenía los cinco sentidos puestos en su obra, porque carecía de uno, sí diremos que se entregaba a ella con alma y vida.

El cambio de ministerio le sorprendió cuando aún no la había terminado: no sé si entraron los radicales, o los conservadores, o los constitucionales; pero entraron algunos nuevos. Juan no lo supo sino tarde y con daño. El nuevo gabinete, pasados algunos días, juzgó que Juan era un organista peligroso para el orden público, y que desde lo alto del coro, en las vísperas y misas solemnes, roncando y zumbando con todos los registros del órgano, le estaba haciendo una oposición verdaderamente escandalosa. Como el ministerio entrante no estaba dispuesto, según había afirmado en el Congreso por boca de uno de sus miembros más autorizados, «a tolerar imposiciones de nadie,» procedió inmediatamente y con saludable energía a dejar cesante a Juan, buscándole un sustituto que en sus maniobras musicales ofreciese más garantías o fuese más adicto a las instituciones. Cuando le notificaron el cese, nuestro ciego no experimentó más emoción que la sorpresa; allá en el fondo casi se alegró, porque le dejaban más horas desocupadas para concluir su misa. Solamente se dio cuenta de su situación cuando al fin del mes se presentó la patrona en el cuarto a pedirle dinero; no lo tenía, porque ya no cobraba en la iglesia; fue necesario que llevase a empeñar el reloj de su padre para pagar la casa. Después se quedó otra vez tan tranquilo y siguió trabajando sin preocuparse de lo porvenir. Mas otra vez volvió la patrona a pedirle dinero, y otra vez se vio precisado a empeñar un objeto de la escasísima herencia paterna; era un anillo de diamantes. Al cabo ya no tuvo qué empeñar. Entonces, por consideración a su debilidad, le tuvieron algunos días más de cortesía, muy pocos, y después le pusieron en la calle, gloriándose mucho de dejarle libre el baúl y la ropa, ya que con ella podían cobrarse de los pocos reales que les quedaba a deber.

Buscó una nueva casa, pero no pudo alquilar piano, lo cual le causó una inmensa tristeza; ya no podía terminar su misa. Todavía fue algún tiempo a casa de un almacenista amigo y tocó el piano a ratos; no tardó, sin embargo, en observar que se le iba recibiendo cada vez con menos amabilidad, y dejó de ir por allá.

Al poco tiempo le echaron de la nueva casa, pero esta vez quedándose con el baúl en prenda. Entonces comenzó para el ciego una época tan miserable y angustiosa, que pocos se darán cuenta cabal de los dolores, mejor aún, de los martirios que la suerte le deparó. Sin amigos, sin ropa, sin dinero, no hay duda que se pasa muy mal en el mundo; mas si a esto se agrega el no ver la luz del sol, y hallarse por lo mismo absolutamente desvalido, apenas si alcanzamos a divisar el límite del dolor y la miseria. De posada en posada, arrojada de todas poco después de haber entrado, metiéndose en la cama para que le lavasen la única camisa que tenía, el calzado roto, los pantalones con hilachas por debajo, sin cortarse el pelo y sin afeitarse, rodó Juan por Madrid no sé cuánto tiempo. Pretendió, por medio de uno de los huéspedes que tuvo, más compasivo que los demás, la plaza de pianista en un café. Al fin se la otorgaron, pero fue para despedirle a los pocos días: la música de Juan no agradaba a los parroquianos del Café de la Cebada; no tocaba jotas, ni polos, ni sevillanas, ni cosa ninguna flamenca, ni siquiera polkas; pasaba la noche interpretando sonatas de Beethoven y conciertos de Chopín: los concurrentes se desesperaban al no poder llevar el compás con las cucharillas.

Otra vez volvió a rodar el mísero por los sitios más hediondos de la capital. Algún alma caritativa, que por casualidad se enteraba de su estado, socorríale indirectamente, porque Juan se estremecía a la idea de pedir limosna. Comía lo preciso para no morirse de hambre en alguna taberna de los barrios bajos, y dormía por cuatro cuartos entre mendigos y malhechores en un desván destinado a este fin. En cierta ocasión le robaron, mientras dormía, los pantalones, y le dejaron otros de dril remendados. Era en el mes de Noviembre.

El pobre Juan, que siempre había guardado en el pensamiento la quimera de la venida de su hermano, ahogado ahora por la desgracia, comenzó a alimentarla con afán. Hizo que le escribiesen a la Habana, sin poner señas a la carta porque no las sabía; procuró informarse si le habían visto, aunque sin resultado; y todos los días se pasaba algunas horas pidiendo a Dios de rodillas que le trajese en su auxilio. Los únicos momentos felices del desdichado eran los que pasaba en oración en el ángulo de alguna iglesia solitaria: oculto detrás de un pilar, aspirando los acres olores de la cera y la humedad, escuchando el chisporroteo de los cirios y el leve rumor de las plegarias de los pocos fieles distribuidos por las naves del templo, su alma inocente dejaba este mundo, que tan cruelmente le trataba, y volaba a comunicarse con Dios y su Madre Santísima. Tenía la devoción de la Virgen profundamente arraigada en el corazón desde la infancia: como apenas había conocido a su madre, buscó por instinto en la de Dios la protección tierna y amorosa que sólo la mujer puede dispensar al niño; había compuesto en honor suyo algunos himnos y plegarias, y no se dormía jamás sin besar devotamente el escapulario del Carmen que llevaba al cuello.

Llegó un día, no obstante, en que el cielo y la tierra le desampararon. Arrojado de todas partes, sin tener un pedazo de pan que llevarse a la boca, ni ropa con que preservarse del frío, comprendió el cuitado con terror que se acercaba el instante de pedir limosna. Trabose una lucha desesperada en el fondo de su espíritu; el dolor y la vergüenza disputaron palmo a palmo el terreno a la necesidad; las tinieblas que le rodeaban hacían aún más angustiosa esta batalla. Al cabo, como era de esperar, venció el hambre. Después de pasar muchas horas sollozando y pidiendo fuerzas a Dios para soportar su desdicha, resolviose a implorar la caridad; pero todavía quiso el infeliz disfrazar la humillación, y decidió cantar por las calles de noche solamente. Poseía una voz regular, y conocía a la perfección el arte del canto; mas tropezó con la dificultad de no tener medio de acompañarse. Al fin, otro desgraciado, que no lo era tanto como él, le facilitó una guitarra vieja y rota, y después de arreglarla del mejor modo que pudo, y después de derramar abundantes lágrimas, salió cierta noche de Diciembre a la calle. El corazón le latía fuertemente; las piernas le temblaban; cuando quiso cantar en una de las calles más céntricas, no pudo; el dolor y la vergüenza habían formado un nudo en su garganta. Arrimose a la pared de una casa, descansó algunos instantes, y repuesto un tanto, empezó a cantar la romanza de tenor del primer acto de La Favorita. Llamó desde luego la atención de los transeúntes un ciego que no cantaba peteneras o malagueñas, y muchos hicieron círculo en torno suyo, y no pocos, al observar la maestría con que iba venciendo las dificultades de la obra, se comunicaron en voz bajo su sorpresa y dejaron algunos cuartos en el sombrero, que había colgado del brazo. Terminada la romanza, empezó el aria del cuarto acto de La Africana. Pero se había reunido demasiada gente a su alrededor, y la autoridad temió que esto fuese causa de algún desorden, pues era cosa averiguada para los agentes de orden público que las personas que se reúnen en la calle a escuchar a un ciego demuestran por este hecho instintos peligrosos de rebelión, cierta hostilidad contra las instituciones, una actitud, en fin, incompatible con el orden social y la seguridad del Estado. Por lo cual un guardia cogió a Juan enérgicamente por el brazo y le dijo:

—A ver; retírese V. a su casa inmediatamente, y no se pare V. en ninguna calle.

—Pero yo no hago daño a nadie.

—Está V. impidiendo el tránsito. Adelante, adelante, si no quiere V. ir a la prevención.

Es realmente consolador el ver con qué esmero procura la autoridad gubernativa que las vías públicas se hallen siempre limpias de ciegos que canten. Y yo creo, por más que haya quien sostenga lo contrario, que si pudiese igualmente tenerlas limpias de ladrones y asesinos, no dejaría de hacerlo con gusto.

Retirose a su zahurda el pobre Juan, pesaroso, porque tenía buen corazón, de haber comprometido por un instante la paz intestina y dado pie para una intervención del poder ejecutivo. Había ganado cinco reales y un perro grande. Con este dinero comió al día siguiente, y pagó el alquiler del miserable colchón de paja en que durmió. Por la noche tornó a salir y a cantar trozos de ópera y piczas de canto: vuelta a reunirse la gente en torno suyo y vuelta a intervenir la autoridad gritándole con energía:—Adelante, adelante.

¡Pero si iba adelante no ganaba un cuarto, porque los transeúntes no podían escucharle! Sin embargo, Juan marchaba, marchaba siempre porque le estremecía, más que la muerte, la idea de infringir los mandatos de la autoridad, y turbar, aunque fuese momentáneamente, el orden de su país.

Cada noche se iban reduciendo más sus ganancias. Por un lado la necesidad de seguir siempre adelante, y por otro la falta de novedad, que en España se paga siempre muy cara, le iban privando todos los días de algunos céntimos. Con los que traía para casa al retirarse apenas podía introducir en el estómago algo para no morirse de hambre. Su situación era ya desesperada. Sólo un punto luminoso seguía viendo tenazmente el desgraciado entre las tinieblas de su congojoso estado: este punto luminoso era la llegada de su hermano Santiago. Todas las noches, al salir de casa con la guitarra colgada del cuello, se le ocurría el mismo pensamiento:—«Si Santiago estuviese en Madrid y me oyese cantar, me conocería por la voz.» Y esta esperanza, mejor dicho, esta quimera, era lo único que le daba fuerzas para soportar la vida.

Llegó otro día, no obstante, en que la angustia y el dolor no conocieron límites. En la noche anterior no había ganado más que seis cuartos. ¡Había estado tan fría! Como que amaneció Madrid envuelto en una sábana de nieve de media cuarta de espesor. Y todo el día siguió nevando sin cesar un instante, lo cual les tenía sin cuidado a la mayoría de la gente, y fue motivo de regocijo para muchos aficionados a la estética. Los poetas que gozaban de una posición desahogada, muy particularmente, pasaron gran parte del día mirando caer los copos al través de los cristales de su gabinete, y meditando lindos e ingeniosos símiles de esos que hacen gritar al público en el teatro «¡bravo, bravo!» u obligan a exclamar cuando se leen en un tomo de versos: «¡qué talento tiene este joven!»

Juan no había tomado más alimento que una taza de café de ínfima clase y un panecillo. No pudo entretener el hambre contemplando la hermosura de la nieve, en primer lugar, porque no tenía vista; y en segundo, porque aunque la tuviese, era difícil que al través de la reja de vidrio empañada y sucia de su desván pudiera verla. Pasó el día acurrucado sobre el colchón, recordando los días de la infancia y acariciando la dulce manía de la vuelta de su hermano. Al llegar la noche, apretado por la necesidad, desfallecido, bajó a la calle a implorar una limosna. Ya no tenía guitarra; la había vendido por tres pesetas en un momento parecido de apuro.

La nieve caía con la misma constancia, puede decirse con el mismo encarnizamiento. Las piernas le temblaban al pobre ciego lo mismo que el día primero en que salió a cantar; pero esta vez no era de vergüenza, sino de hambre. Avanzó como pudo por las calles, enfangándose hasta más arriba del tobillo: su oído le decía que no cruzaba apenas ningún transeúnte; los coches no hacían ruido, y estuvo expuesto a ser atropellado por uno. En una de las calles céntricas se puso al fin a cantar el primer pedazo de ópera que acudió a sus labios: la voz salía débil y enronquecida de la garganta; nadie se acercaba a él ni siquiera por curiosidad. «Vamos a otra parte,» se dijo, y bajó por la Carrera de San Jerónimo, caminando torpemente sobre la nieve, cubierto ya de un blanco cendal y con los pies chapoteando agua. El frío se le iba metiendo por los huesos; el hambre le producía un fuerte dolor en el estómago. Llegó un momento en que el frío y el dolor le apretaron tanto, que se sintió casi desvanecido, creyó morir, y elevando el espíritu a la Virgen del Carmen, su protectora, exclamó con voz acongojada: «¡Madre mía, socórreme!» Y después de pronunciar estas palabras, se sintió un poco mejor y marchó, o más propiamente, se arrastró hasta la plaza de las Cortes: allí se arrimó a la columna de un farol y, todavía bajo la impresión del socorro de la Virgen, comenzó a cantar el Ave Maria, de Gounod, una melodía a la cual siempre había tenido mucha afición. Pero nadie se accrcaba tampoco. Los habitantes de la villa estaban todos recogidos en los cafés y teatros, o bien en sus hogares haciendo bailar a sus hijos sobre las rodillas al amor de la lumbre. Seguía cayendo la nieve pausada y copiosamente, decidida a prestar asunto al día siguiente a todos los revisteros de periódicos para encantar a sus aficionados con una docena de frases delicadas. Los transeúntes que casualmente cruzaban lo hacían apresuradamente, arrebujados en sus capas y tapándose con el paraguas. Los faroles se habían puesto el gorro blanco de dormir, y dejaban escapar melancólica claridad. No se oía ruido alguno si no era el rumor vago y lejano de los coches, y el caer incesante de los copos como un crujido levísimo y prolongado de sedería. Sólo la voz de Juan vibraba en el silencio de la noche saludando a la Madre de los Desamparados. Y su canto, más que himno de salutación, parecía un grito de congoja algunas veces; otras, un gemido triste y resignado que helaba el corazón más que el frío de la nieve.

En vano clamó el ciego largo rato pidiendo favor al cielo; en vano repitió el dulce nombre de María un sinnúmero de veces, acomodándolo a los diversos tonos de la melodía. El cielo y la Virgen estaban lejos, al parecer, y no le oyeron; los vecinos de la plaza estaban cerca, pero no quisieron oírle. Nadie bajó a recogerlo; ningún balcon se abrió siquiera para dejar caer sobre él una moneda de cobre. Los transeúntes, como si viniesen perseguidos de cerca por la pulmonía, no osaban detenerse.

Al fin ya no pudo cantar más: la voz expiraba en la garganta; las piernas se le doblaban; iba perdiendo la sensibilidad en las manos. Dio algunos pasos y se sentó en la acera al pie de la verja que rodea el jardín. Apoyó los codos en las rodillas y metió la cabeza entre las manos. Y pensó vagamente en que había llegado el último instante de su vida; y volvió a rezar fervorosamente implorando la misericordia divina.

Al cabo de un rato percibió que un transeúnte se paraba delante de él y se sintió cogido por el brazo. Levantó la cabeza, y sospechando que sería lo de siempre, preguntó tímidamente:

—¿Es V. algún guardia?

—No soy ningún guardia—repuso el transeúnte,—pero levántese V.

—Apenas puedo, caballero.

—¿Tiene V. mucho frío?

—Sí, señor... y además no he comido hoy.

—Entonces, yo le ayudaré... vamos... ¡arriba!

El caballero cogió a Juan por los brazos y le puso en pie; era un hombre vigoroso.

—Ahora apóyese V. bien en mí y vamos a ver si hallamos un coche.

—¿Pero dónde me lleva V.?

—A ningún sitio malo ¿tiene V. miedo?

—¡Ah! no: el corazón me dice que es V. una persona caritativa.

—Vamos andando... a ver si llegamos pronto a casa para que V. se seque y tome algo caliente.

—Dios se lo pagará a V. caballero... la Virgen se lo pagará... Creí que iba a morirme en ese sitio.

—Nada de morirse... no hable V. de eso ya. Lo que importa ahora es dar pronto con un simón... Vamos adelante... ¿qué es eso; tropieza V.?

—Sí, señor; creo que ha dado contra la columna de un farol... ¡Como soy ciego!

—¿Es V. ciego?—preguntó vivamente el desconocido.

—Sí, señor.

—¿Desde cuándo?

—Desde que nací.

Juan sintió estremecerse el brazo de su protector; y siguieron caminando en silencio. Al cabo éste se detuvo un instante y le preguntó con voz alterada.

—¿Cómo se llama V.?

—Juan.

—¿Juan qué?

—Juan Martínez.

—Su padre de V. Manuel, ¿verdad? músico mayor del tercero de artillería ¿no es cierto?

—Sí, señor.

En el mismo instante el ciego se sintió apretado fuertemente por unos brazos vigorosos que casi le asfixiaron y escuchó en su oído una voz temblorosa que exclamó:

—¡Dios mío, qué horror y qué felicidad! Soy un criminal, soy tu hermano Santiago.

Y los dos hermanos quedaron abrazadas y sollozando algunos minutos en medio de la calle. La nieve caia sobre ellos dulcemente.

Santiago se desprendió bruscamente de los brazos de su hermano y comenzó a gritar salpicando sus palabras con fuertes interjecciones:

—¡Un coche, un coche! ¿no hay un coche por ahí?... ¡maldita sea mi suerte! Vamos, Juanillo, haz un esfuerzo; llegaremos pronto al puesto... ¿Pero señor, dónde se meten los coches...? Ni uno sólo cruza por aquí... Allá lejos veo uno... ¡gracias a Dios!... ¡Se aleja el maldito!... Aquí está otro... ésta ya es mío. A ver cochero... cinco duros si V. nos lleva volando al hotel número diez de la Castellana...

Y cogiendo a su hermano en brazos como si fuera un chico lo metió en el coche y detrás se introdujo él. El cochero arreó a la bestia y el carruaje se deslizó velozmente y sin ruido sobre la nieve. Mientras caminaban, Santiago teniendo siempre abrazado al pobre ciego, le contó rápidamente su vida. No había estado en Cuba, sino en Costa Rica, donde juntó una respetable fortuna; pero había pasado muchos años en el campo, sin comunicación apenas con Europa; escribió tres o cuatro veces por medio de los barcos que traficaban con

Inglaterra y no obtuvo respuesta. Y siempre pensando en tornar a España al año siguiente, dejó de hacer averiguaciones proponiéndose darles una agradable sorpresa. Después se casó y este acontecimiento retardó mucho su vuelta. Pero hacía cuatro meses que estaba en Madrid, donde supo por el registro parroquial que su padre había muerto; de Juan le dieron noticias vagas y contradictorias: unos le dijeron que se había muerto también; otros que reducido a la última miseria, había ido por el mundo cantando y tocando la guitarra. Fueron inútiles cuantas gestiones hizo para averiguar su paradero. Afortunadamente la Providencia se encargó de llevarlo a sus brazos. Santiago reía unas veces, lloraba otras mostrando siempre el carácter franco, generoso y jovial de cuando niño.

Paró el coche al fin. Un criado vino a abrir la portezuela. Llevaron a Juan casi en volandas hasta su casa. Al entrar percibió una temperatura tibia, el aroma de bienestar que esparce la riqueza: los pies se le hundían en mullida alfombra; por orden de Santiago dos criados le despojaron inmediatamente de sus harapos empapados de agua y le pusieron ropa limpia y de abrigo. En seguida le sirvieron en el mismo gabinete, donde ardía un fuego delicioso, una taza de caldo confortador y después algunas viandas, aunque con la debida cautela, por la flojedad en que debía hallarse su estómago: subieron además de la bodega el vino más exquisito y añejo. Santiago no dejaba de moverse, dictando las órdenes oportunas, acercándose a cada instante al ciego para preguntarle con ansiedad:

—¿Cómo te encuentras ahora, Juan?—¿Estás bien?—¿Quieres otro vino?— ¿Necesitas más ropa?

Terminada la refacción se quedaron ambos algunos momentos al lado de la chimenea. Santiago preguntó a un criado si la señora y los niños estaban ya acostados y habiéndole respondido afirmativamente, dijo a su hermano rebosando de alegría:

—¿Tú no tocas el piano?

—Sí.

—Pues vamos a dar un susto a mi mujer y a mis hijos. Ven al salón.

Y le condujo hasta sentarle delante del piano. Después levantó la tapa para que se oyera mejor, abrió con cuidado las puertas y ejecutó todas las maniobras conducentes a producir una sorpresa en la casa; pero todo ello con tal esmero, andando sobre la punta de los pies, hablando en falsete y haciendo tantas y tan graciosas muecas, que Juan al notarlo no pudo menos de reírse exclamando: ¡Siempre el mismo Santiago!

—Ahora toca Juanillo, toca con todas tus fuerzas.

El ciego comenzó a ejecutar una marcha guerrera. El silencioso hotel se estremeció de pronto, como una caja de música cuando se la da cuerda. Las notas se atropellaban al salir del piano, pero siempre con ritmo belicoso. Santiago exclamaba de vez en cuando:

—¡Más fuerte, Juanillo, más fuerte!

Y el ciego golpeaba el teclado, cada vez con mayor brío.

—Ya veo a mi mujer detrás de las cortinas... ¡adelante, Juanillo, adelante!... Está la pobre en camisa... ji... ji... me hago como que no la veo... se va a creer que estoy loco... ¡ji ji!... ¡adelante, Juanillo, adelante!

Juan obedecía a su hermano, aunque sin gusto ya, porque deseaba conocer a su cuñada y besar a sus sobrinos.

—Ahora veo a mi hija Manolita, que también sale en camisa... ¡Calle, también se ha despertado Paquito!... ¡No te he dicho que todos iban a recibir un susto!... Pero se van a constipar si andan de ese modo más tiempo... No toques más Juan, no toques más.

Cesó el estrépito infernal.

—Vamos, Adela, Manolita, Paquito, abrigaos un poco y venid a dar un abrazo a mi hermano Juan. Este es Juan de quien tanto os he hablado, a quien acabo de encontrar en la calle a punto de morirse helado entre la nieve... ¡Vamos, vestíos pronto!

La noble familia de Santiago vino inmediatamente a abrazar al pobre ciego. La voz de la esposa era dulce y armoniosa: Juan creía escuchar la de la Virgen: notó que lloraba cuando su marido relató de qué modo le había encontrado. Y todavía quiso añadir más cuidados a los de Santiago: mandó traer un calorífero y ella misma se lo puso debajo de los pies; después le envolvió las piernas en una manta y le puso en la cabeza una gorra de terciopelo. Los niños revoloteaban en torno de la butaca, acariciándole y dejándose acariciar de su tío. Todos escucharon en silencio y embargados por la emoción, el breve relato que de sus desgracias les hizo. Santiago se golpeaba la cabeza: su esposa lloraba: los chicos atónitos le decían estrechándole la mano: ¿No volverás a tener hambre ni salir a la calle sin paraguas, verdad tiíto?... yo no quiero, Manolita no quiere tampoco... ni papá, ni mamá.

—¡A que no le das tu cama, Paquito!—dijo Santiago, pasando a la alegría inmediatamente.

—¡Si no quepe en ella, papá! En la sala hay otra muy grande, muy grande, muy grande...

—No quiero cama ahora,—interrumpió Juan... ¡me encuentro tan bien aquí!

—¿Te duele el estómago como antes?—preguntó Manolita abrazándole y besándole.

—No, hija mía, no, ¡bendita seas!... no me duele nada... soy muy feliz... lo único que tengo es sueño... se me cierran los ojos sin poderlo remediar...

—Pues por nosotros no dejes de dormir, Juan,—dijo Santiago.

—Sí, tiíto, duerme, duerme—dijeron a un tiempo Manolita y Paquito echándole los brazos al cuello y cubriéndole de caricias...

Y se durmió en efecto. Y despertó en el cielo.

Al amanecer del día siguiente, un agente de orden público tropezó con su cadáver entre la nieve. El médico de la casa de socorro certificó que había muerto por la congelación de la sangre.

—Mira, Jiménez—dijo un guardia de los que le habían llevado a su compañero.

—¡Parece que se está riendo!

Notes for "El pájaro en la nieve":

Hasta que pudiera mandar, until he could send.

El mejor día, some fine day.

Me da el corazón que ha de escribir, my heart tells me that he will write.

Por modesta que fuese, however modest it might be.

Ya que no podía decirse, since it could not be said.

Pasados algunos días, some days having passed.

Ya no tuvo que empeñar, he no longer had anything to pawn.

De posada en posada, from inn to inn.

Como era de esperar, as was to be expected.

En torno suyo, around him.

Al observar, on observing.

Tornó a salir, he went out again.

Al llegar la noche, when night came.

Se puso a cantar, he began to sing.

Nadie se acercaba a él, no one approached him.

Creyó morir, he thought that he was dying. When there is no change of subject the dependent verb is infinitive.

Iba perdiendo, the verb ir with the gerund indicates a continually increasing action.

Levantó la cabeza, note the use of definite article instead of possessive pronoun.

Hacía cuatro meses que estaba en Madrid, he had been in Madrid four months (lit. it made four months that he was in Madrid.)

No pudo menos de reírse, he could not help laughing.

Cuando se la da cuerda, when it is wound up.

Al salir de, on coming from.

Me hago como que no la veo, I'll make out that I don't see her.

A quien acabo de encontrar, whom I have just found.

A que no le das tu cama, I bet that you won't give him your bed. The "a" in this sentence is used elliptically, being dependent on the verb apostar, to bet or wager. Therefore the sentence in full would read "Apuesto a que no le das tu cama."

Si no quepe en ella, why he can't get in it.

EN el vasto salón del Prado aún no había gente. Era temprano; las cinco y media nada más. A falta de personas formales los niños tomaban posesión del paseo, utilizándolo para los juegos del aro, de la cuerda, de la pelota, pío campo, escondite, y otros no menos respetables, tan respetables, por lo menos, y por de cantado más saludables, que los del ajedrez, tresillo, ruleta y siete y media con que los hombres se divierten. Y si no temiera ofender las instituciones, me atrevería a ponerlos en parangón con los del salón de conferencias del Congreso y de la Bolsa, seguro de que tampoco habían de desmerecer.

El sol aún seguía bañando una parte no insignificante del paseo. Los chiquillos resaltaban sobre la arena como un enjambre de mosquitos en una mesa de mármol. Las niñeras, guardianas fieles de aquel rebaño, con sus cofias blancas y rizadas, las trenzas del cabello sueltas, las manos coloradas y las mejillas rebosando una salud, que yo para mí deseo, se agrupaban a la sombra sentadas en algún banco, desahogando con placer sus respectivos pechos henchidos de secretos domésticos, sin que por eso perdiesen de vista un momento (dicho sea en honor suyo) los inquietos y menudos objetos de su vigilancia. Tal vez que otra se levantaban corriendo para ir a socorrer a algún mosquito infeliz que se había caido boca abajo y que se revolcaba en la arena con horrísonos chillidos: otras veces llamaban imperiosamente al que se desmandaba y le residenciaban ante el consejo de doncellas y amas de cría, amonestándole suavemente o recriminándole con dureza y administrándole algún leve correctivo en la parte posterior, según el sistema y el temperamento de cada juez.

Esperando la llegada de la gente, me senté en una silla metálica de las que dividen el paseo, y me puse a contemplar con ojos distraídos el juego de los chicos. Detrás de mí estaban sentadas dos niñas de once a doce años de edad, cuyos perfiles—lo único que veía de ellas—eran de una corrección y pureza encantadoras. Ambas rubias y ambas vestidas con singular gracia y elegancia: en Madrid esto última no tiene nada de extraordinario porque las mamás, que han renunciado a ser coquetas para sí, lo continúan siendo en sus hijas y han convenido en hacerse una competencia poco favorable a los bolsillos de los papás. Me llamó la atención desde luego la gravedad que las dos mostraban y el poco o ningún efecto que les causaba la alegría de los demás muchachos. Al principio creí que aquella circunspección procedía de considerarse ya demasiado formales para corretear, y me pareció cómica; pero observando mejor, me convencí de que algo serio pasaba entre ellas, y como no tenía otra cosa que hacer, cambié de silla disimuladamente y me acerqué cuanto pude a fin de averiguarlo.

La una estaba pálida y tenía la vista fija constantemente en el suelo: la otra la miraba de vez en cuando con inquietud y tristeza. Cuando me acerqué guardaban silencio, pero no tardó en romperlo la primera exclamando en voz baja y con acento melancólico:

—¡Si lo hubiera sabido, no saldría hoy a paseo!

—¿Por qué?—repuso la segunda.—De todos modos algún día os habíais de encontrar.

La primera no replicó nada a esta observación y callaron un buen rato. Al cabo la segunda dijo poniéndole una mano sobre el hombro:

—¿Sabes lo que estoy pensando, Asunción?

—¿Qué?

—Que debías decírselo todo. Lola es buena niña, aunque tenga el genio vivo. ¿No te acuerdas cuando nos pegamos y nos arañamos porque le quité de ser la mamá?... Ya ves que le pasó en seguida...

—Sí, pero esto es muy distinto.

—Ya lo sé que es distinto... pero debes decírselo.

—¡Ay! No me mandes eso, por Dios, Luisa... de seguro no me vuelve a decir adiós, y se lo cuenta en seguida a sus papás.

—¿Y no será peor que se lo cuente otra persona?... ¡Hay niñas más mal intencionadas!... Elvira lo sabe ya... no sé quién se lo ha dicho...

Profunda debió ser la impresión que esta noticia causó en el ánimo de Asunción, porque no volvió a despegar los labios y siguió escuchando consternada las razones de su amiga, que las amontonaba de un modo incoherente, pero con resolución.

El paseo se iba poblando poco a poco. El sol no se enseñoreaba ya sino de uno de los ángulos del salón: al retirarse dejaba claro y nítido el ambiente, en el cual resaltaban con admirable pureza el obelisco del Dos de Mayo y las agujas del museo de Artillería y de San Jerónimo. Los pequeños retrocedían ante la invasión de los grandes a los parajes más apartados, donde establecían nuevamente sus juegos. Un chico rubio, vestido de marinero, con cara de desvergonzado, se quedó fijo delante de nuestras niñas contemplándolas con insistencia, y no hallando al parecer conveniente la gravedad que mostraban, se puso a hacerlas muecas en son de menosprecio. Luisa, al verse interrumpida en su discurso, se levantó furiosa y le tiró por los cabellos. El chico se alejó llorando.

Al cabo de un rato, cuando ya me disponía a dejar la silla para dar algunas vueltas, oí exclamar a Luisa:

—¡Calla... calla... me parece que ahí viene Lola!

Asunción se estremeció la cabeza vivamente.

—Sí, sí, es ella,—continuó Luisa.—Viene con Pepita y con Concha y Eugenia... Es el primer domingo que viene después de la muerte de su hermano... ¡No te pongas así, niña!... No te asustes... verás, yo lo voy a arreglar todo.

Asunción, en efecto, había empalidecido y estaba clavada e inmóvil en la silla como una estatua. Pronto divisé un grupo de niñas de su misma edad que se aproximaba; en el centro venía una completamente enlutada, morenita, con grandes ojos negros y profundos que debía de ser la causante de los temores de Asunción. Luisa se levantó a recibirlas y echó una carrerita para cambiar con ellas buena partida de besos cuyo rumor llegó hasta mis oídos. Asunción no se movió. Al llegar, todas la saludaron con efusión, no siendo por cierto la menos expansiva la enlutada Lolita. Después de cambiadas las primeras impresiones, observé que Luisa hacía señas a Asunción en ademán de pedirle algo, y que Asunción lo negaba, también por señas, pero con energía. Luisa, sin embargo, se resolvió a hacer lo que pretendía a despecho de su amiga, y llegándose a Lola, le dijo:

—Mira, Asunción tiene que decirte una cosa; ve a sentarte junto a ella.

Lolita se vino hacia la melancólica niña y le preguntó cariñosamente tocándole la cara:

—¿Qué tienes que decirme, Chonchita?

La pobre Asunción, completamente abatida, no contestó nada; visto lo cual por su amiga, tomó asiento al lado, y la instó con mucha viveza para que le contase lo que la ponía tan triste.

—Mira, Lola,—comenzó con voz temblorosa y casi imperceptible,—después que te lo diga ya no me querrás.

Lola protestó con una mueca.

—No, no me querrás... Dame un beso ahora... Después que te lo diga, no me darás ningún otro...

Lolita se manifestó sorprendida, pero le dio algunos besos sonoros.

—Mañana hace un mes que murió tu hermano Pepito... Yo sé que has tenido una convulsión por haber visto la caja... A mí no me han dejado ir a tu casa porque decían que me iba a impresionar, pero toda la tarde la pasé llorando... Luisa te lo puede decir... Lloraba porque Pepito y yo éramos novios... ¿no lo sabías?

—¡No!

—Pues lo éramos desde hacía dos meses. Me escribió una carta y me la dio un día al entrar en tu casa: salió de un cuarto de repente, me la dio y echó a correr. Me decía que desde la primera vez que me había visto le había gustado, que podríamos ser novios si yo le quería, y que en concluyendo la carrera de abogado, que era la que pensaba seguir, nos casaríamos. A mí me daba mucha vergüenza contestarle, pero como a Luisa le había escrito también Paco Núñez declarándose, yo por encargo de ella le dije un día en el paseo: «Paco, de parte de Luisa, que sí,» y a la otra vuelta Luisa le dijo a Pepito: «Pepito, de parte de Asunción, que sí». Y quedamos novios. Los domingos cuando bailábamos en tu casa o en la mía, me sacaba más veces que a las demás, pero no se atrevía a decirme nada... A pesar de eso, una vez bailando, como estaba triste y hablaba poco, le pregunté si estaba enfadado, y él me contestó: «Yo no me enfado con nadie, y mucho menos contigo». Yo me puse colorada... y él también... Todos los días por la tarde iba a esperarme a la salida del colegio; se estaba paseando por delante hasta que yo salía y después me seguía hasta casa...

Aquí Asunción cesó de hablar, y Lola, que la escuchaba con tristeza y curiosidad, aguardó un rato a que continuase, y viendo que no lo hacía, le preguntó:

—Pero, ¿por qué me decías que después de contármelo no iba a darte más besos y todas aquellas cosas? Al contrario, ahora te quiero más... mira como te quiero.

Y Lolita al decir esto le daba apasionados besos.

—Espera, espera... no me beses... ¿De qué murió tu hermano? ¿No dijeron los médicos que había muerto de una mojadura que había cogido?

—Sí.

—Pues esa mojadura, Lola... la cogió por causa mía... Sí, la cogió por causa mía... Una tarde en que estaba lloviendo a cántaros, fue a esperarme al colegio... Le vi por los cristales metido en un portal... en el portal de enfrente... no traía paraguas. Cuando salimos yo me tapé perfectamente porque la criada había traído uno para mí y otro para ella... Pepito nos siguió a descubierto. Llovía atrozmente... y yo en vez de ofrecerle el paraguas y taparme con el de la criada, le dejé ir mojándose hasta casa... Pero no fue por gusto mío, Lola... por Dios, no lo creas... fue que me daba vergüenza...

Al decir estas palabras, le embargó la emoción, se le anudó la voz en la garganta y rompió a sollozar fuertemente. Lolita se la quedó mirando un buen rato, con ojos coléricos, el semblante pálido y las cejas fruncidas; por último se levantó repentinamente y fue a reunirse con sus amigas que estaban algo apartadas formando un grupo. La vi agitar los brazos en medio de ellas narrando, al parecer, el suceso con vehemencia, y observé que algunas lágrimas se desprendían de sus ojos, sin que por eso perdiesen la expresión dura y sombría. Asunción permaneció sentada, con la cabeza baja y ocultando el rostro entre las manos.

En el grupo de Lolita hubo acalorada deliberación. Las amigas se esforzaban en convencerla para que otorgase su perdón a la culpable. Lolita se negaba a ello con una mímica (lo único que yo percibía) altiva y violenta. Luisa no cesaba de ir y venir consolando a su triste amiga y procurando calmar a la otra.

El sol se había retirado ya del paseo, aunque anduviese todavía por las ramas de los árboles y las fachadas de las casas. La estatua de Apolo, que corona la fuente del centro, recibía su postrera caricia; los lejanos palacios del paseo de Recoletos resplandecían en aquel instante como si fuesen de plata. El salón estaba ya lleno de gente.

Después de discutir con violencia y de rechazar enérgicamente las proposiciones conciliadoras, Lolita se encerró en un silencio sombrío. Al ver esta muestra de debilidad, las amigas apretaron el asedio, enviando cada cual un argumento más o menos poderoso; sobre todo Luisa, era incansable en formar silogismos, que alternaba sin cesar con súplicas ardientes.

Al fin Lolita volvió lentamente la cabeza hacia Asunción. La pobre niña seguía en la misma postura, abatida, ocultando siempre el rostro con las manos. Al verla, debió pasar un soplo de enternecimiento por el corazón de la irritada hermana; destacose del grupo, y viniendo hacia ella, la echó los brazos al cuello diciendo:

—No llores, Chonchita, no llores.

Pero al pronunciar estas palabras lloraba también. La cabecita rubia y la morena estuvieron un instante confundidas. Rodeáronlas las amigas, y ni una sola dejó de verter lágrimas.

—¡Vamos, niñas, que nos están mirando!—dijo Luisa.—Enjugad las lágrimas y vamos a pasear.

Y en efecto, llevándose el pañuelo a los ojos, ella la primera, con rostro sereno y risueño se mezclaron agrupadas entre la muchedumbre; y las perdí muy pronto de vista.

Notes for "La confesion de un crimen":

 Salón del Prado, "the Prado, properly speaking, is a very broad avenue not very long, flanked by minor avenues, which extends to the east of the city, at one side of the famous garden of the Buen Retiro, and is shut in at the two extremities by two enormous stone fountains, the one surmounted by a colossal Cybele, seated upon a shell, and drawn by water-horses; the other by a Neptune of equal size; both of them crowned with copious jets of water, which cross and gracefully fall again with a cheerful murmur. This great avenue, hedged in on the sides by thousands of chairs and hundreds of benches belonging to water and orange-venders, is the most frequented part of the Prado, and is called the salon of the Prado."

Sin que por eso perdiesen de vista un momento, without, on this account, losing sight of for a moment.

Me puse a, I began to.

Como no tenía otra cosa que hacer, as I had nothing else to do.

Me acerqué cuanto pude, I approached as near as I could.

No tardó en romperlo la primera, it was not long before the first one broke it.

Algún día os habías de encontrar, some day you were to meet.

Que debías decírselo todo, that you ought to have told her everything. Note the use of the past tense debías.

Debes decírselo, lit., you ought to tell it to her.

Debió ser, must have been.

El obelisco del Dos de Mayo, above an octagonal granite base of four steps, rises a grand sarcophagus, square in form, covered with inscriptions, coats of arms, and a bas-relief which represents the two Spanish officers killed on the second of May, , in the defense of Artillery Park. On the sarcophagus rises a pedestal in doric style, upon which are four statuettes that symbolize love of country, valor, constancy, and virtue. In the midst of the statues rises a tall obelisk, upon which is written in characters of gold, Dos de Mayo.

Se puso a, began to.

Oí exclamar a Luisa, I heard Luisa exclaim.

Debía de ser, must have been.

Echó una carrerita, advanced a short distance.

Después de cambiadas, after having exchanged.

Echó a correr, started to run.

Que era la que pensaba seguir, which was the one he intended to follow.

A mí me de daba, note the redundant personal pronoun.

De parte de Luisa, que sí, by order of Luisa, yes.

Rompió a sollozar, broke out sobbing.

Sin que por eso perdiesen, without losing on this account.

Enviando cada cual, each one sending.

Debió pasar un soplo de enternecimiento, a wave of tenderness must have passed.

Ni una sola dejó de verter lágrimas, not a single one failed to shed tears.

EL SUEÑO DE UN REO DE MUERTE

UNA mañana, al salir de casa, hirió mis oídos el repique agudo y estridente de una campanilla. Llevé la mano al sombrero y busqué con la vista al sacerdote portador de la sagrada forma; pero no le vi. En su lugar tropezaron mis ojos con un anciano, vestido de negro, que llevaba colgada al cuello una medalla de plata; a su lado marchaba un hombre con una campanilla en la mano y un cajoncito verde en el cual la mayoría de los transeúntes iban depositando algunas monedas. De vez en cuando se abría con estrépito un balcón, y se veía una mano blanca que arrojaba a la calle algo envuelto en un papel; el hombre de la campanilla se bajaba a cojerlo, arrancaba el papel, y eran también monedas que inmediatamente introducía en el cajoncito verde: cuando levantaba la vista al balcón, estaba ya cerrado. Lo adiviné todo.

Un ligero temblor corrió por todo mi cuerpo, y a toda prisa procuré alejarme de aquella . Corrí por la ciudad, haciendo inútiles esfuerzos para no escuchar el tañido de la fatal campanilla, y en todas partes tropezaba con la misma . Notaba que los transeúntes se miraban unos a otros con expresión de susto, y se hacían preguntas en tono bajo y misterioso. Algunos chicos, pregoneros de periódicos, chillaban ya desaforadamente: «La Salve que cantan los presos al reo que está en capilla».

Desde que tengo uso de razón he sabido que existe la pena de muerte en nuestro país; y no obstante siempre la he mirado del mismo modo que los autos de fe y el tormento; como una cosa que pertenece a la historia. Esto se explica, atendiendo a que he residido siempre en una provincia donde por fortuna hace ya bastantes años que no se ha aplicado. Conocía algunos detalles de la ejecución de los reos sólo por referencia de los viejos, a los cuales no dejaba de mirar, cuando me lo contaban, con cierta admiración, mezclada de terror.

Recuerdo que en la madrugada de un día de otoño frío y lluvioso, salí de mi pueblo para Madrid. Despedime de mi madre, y turbado y conmovido como nunca lo había estado, bajé a escape la escalera en compañía de mi padre. Ambos marchábamos embozados hasta las cejas, no sé si por miedo al frío o por no vernos las caras. Nuestros pasos resonaban profundamente en las calles solitarias; la luz triste y escasa del día que comenzaba daba cierto aspecto de antorchas funerarias a los faroles que aún se hallaban encendidos, y las casas, dejando caer de sus tejados algunas gotas de lluvia, parecían llorar mi marcha. Al atravesar un campo situado a la salida de la población, me dijo mi padre: «Este es el sitio donde se ajusticiaba a los reos de muerte». Sentí un temblor igual al que corrió por mi cuerpo cuando vi al hombre del cajón verde. ¡Dios mío, qué lejos estaba en aquel momento mi corazón de estas s de horror!

Pasé todo el día inquieto y nervioso, escuchando el toque de la campanilla fúnebre por todas partes. A la verdad, no puedo decidir si la campanilla sonaba realmente, o eran mis oídos los que la hacían sonar. Compré cuantos papeles se vendían por las calles referentes al reo, y los devoré con ansia. No me atreví, sin embargo, a pasar por delante de la cárcel para mirar la ventana de la estancia donde se hallaba, aunque me dijeron que había mucha gente por aquellos sitios. En cambio pasé varias veces por delante de la casa de su esposa. La desgraciada mujer había venido de muchas leguas lejos, a solicitar el indulto, y alojaba en una casa sucia y miserable de uno de los barrios extremos de Madrid. Allá a la noche me sentí fatigado, cual si hubiera pasado el día trabajando, cuando no hice otra cosa que errar distraído por las calles, y me acosté temprano. Tardé en conciliar el sueño, como sucede siempre que uno anda caviloso, y por dos o tres veces, cuando ya creía ganarlo, me despertó un gran estremecimiento parecido a la emoción que se experimenta al tocar el botón de una máquina eléctrica. Al fin me dormí. Así como lo temía, toda la noche soñé con patíbulos y verdugos: mas no dejaron de ser bastante curiosos y significativos mis sueños, por lo cual, aunque me cueste trabajo, voy a trasladarlos al papel.

Soñé que me achacaban un gran crimen, y que ponían en seguimiento de mis pasos a toda la policía de Madrid. Mis tretas para burlar su persecución, se redujeron a echarme a correr por la puerta de San Vicente hacia fuera, metiéndome en los lavaderos del Manzanares, donde me creí perfectamente seguro de las asechanzas de mis enemigos. Con efecto, estando allí muy tranquilo, mirando correr el agua de jabón y viendo a las lavanderas colgar sus ropas en los cordeles, dieron sobre mí el presidente del Consejo de Ministros, el de la Juventud Católica, el ministro de Fomento y el de Gracia y Justicia, los cuales inmediatamente me amarraron y me condujeron a la cárcel. El ministro de Fomento propuso que se me llevara cogido por los pies y a la rastra, pero el presidente de la Juventud Católica hizo observar que se me iba estropear la ropa, y fue desechada la proposición.

La cárcel era un edificio grande, sólido y austero, con un crecido número de balcones y ventanas, cosa que me sorprendió, a pesar de la turbación de ánimo en que me hallaba, pues tenía la idea de que en las cárceles había poca ventilación. Me encerraron en un calabozo circular, sin ventana ninguna: de suerte que me vi sumido en la más completa oscuridad. Mas no se pasó mucho tiempo sin que se abriera la puerta de par en par, y entrara por ella un carcelero con una bujía encendida, anunciándome que pronto llegaría el juez y el escribano. Aparecieron al fin estos dos varones, y fue extraordinaria mi sorpresa al encontrarme enfrente de dos señores que jugaban todas las tardes al billar conmigo en el café Suizo. Aparentaron no conocerme, e inmediatamente se pusieron a tomarme declaración; ofreciéndome antes algunos merengues con objeto, según decían, de que tuviese la voz más clara. El juez, que era de los dos el que mejor jugaba las carambolas de retroceso, después de haberme obligado a confesar una porción de crímenes a cual más horroroso, hizo un gesto muy expresivo a su compañero, llevándose la mano al cuello y sacando al mismo tiempo la lengua. Yo tomé el gesto por donde más quemaba, y barrunté muy mal del asunto.

A las dos horas poco más o menos, tornaron a abrir la puerta, y entró el escribano a leerme la sentencia. No se me condenaba nada más que a morir en garrote vil, si bien en atención a que jugaba con mucha seguridad los recodos limpios, dejábase a mi arbitrio señalar el día de la ejecución. Por un instante tuve el intento de aplazar indefinidamente este día, juzgando que era muy joven para morir de modo tan desastroso: mas pronto revoqué mi acuerdo por motivos de delicadeza, y pedí se me ejecutara al día siguiente. Hay que confesar que tengo un sueño muy digno.

Una vez resuelto que me ejecutarían al día siguiente, la única idea que se apoderó de mí fue la de morir con serenidad y entereza; y en efecto, demostré, al decir de todos los que me rodeaban, un gran carácter durante las horas de la capilla. Comí y dormí tranquilamente, y pasé algunos ratos departiendo con los redactores de La Correspondencia. De vez en cuando procuraba verter alguna frase bonita para que éstos la reprodujesen en su diario y las gentes se admirasen de mi valor.

Llegó por fin el instante terrible de emprender la marcha hacia la muerte, y yo la emprendí con la mayor sangre fría. En aquel momento lo que me embargó fue un gran sentimiento de vergüenza, y recuerdo que exclamé apretándome contra el sacerdote que marchaba a mi lado: «¡Ah, por Dios, que no me vean, que no me vean!» Hasta el instante de salir de la cárcel, no se me occurió que iba a hallarme frente a una muchedumbre de espectadores, y que algunos millares de ojos se irían a clavar sobre mi rostro con expresión de burla y desprecio. Este pensamiento hizo flaquear mi valor: me aterraba infinitamente más que la perspectiva del cadalso. Sentía dentro de mí fuerzas bastantes para mirar a la muerte cara a cara, y al mismo tiempo me contemplaba incapaz por entero de soportar la vista de un público curioso y hostil.

Congojado y muerto de vergüenza salí por la puerta de la cárcel entre un grupo de curas, soldados y carceleros. No quise levantar la vista del suelo, porque temía desfallecer; mas el silencio pavoroso y extraordinario que observé en torno mío, incitome a alzar los ojos. ¡Qué sorpresa y qué ventura! La calle estaba desierta. Fuera del cortejo que me rodeaba, ni una sola figura humana veíase cerca ni lejos. Los balcones y ventanas de las casas, así como las puertas de los comercios, se hallaban perfectamente cerradas. Los curas, soldados y carceleros, después de pasear la vista por el ámbito de la calle, mirábanse unos a otros con acentuada expresión de asombro. El único objeto que hería la vista en medio de esta soledad era el carruaje miserable y fatídico que me esperaba. Antes de entrar miré al cielo. Aparecía cubierto por un leve manto de nubes, tan leve, que no conseguía velarlo por entero, semejante a una colcha de encaje con fondo azul. El sol, asomando su ardiente pupila por los agujeros de esta celosía de nubes, era el único curioso que nos observaba.

El carruaje marchaba lentamente. Yo, sin atender a las exhortaciones del clérigo que iba a mi lado, asomaba la cabeza por la ventanilla explorando con los ojos la calle, las puertas y los balcones de las casas. Nada, ni un ser humano parecía. Allá en las afueras de la población, distinguí dos niños que corrían sofocados hacia la puerta de una casa, desde la cual su madre les llamaba a gritos. Cuando pasamos por delante de esta casa, la madre y los hijos habían desaparecido. Un poco más allá tropezamos con un hombre que llevaba un saco cargado sobre la espalda, el cual, así que nos percibió, dio la vuelta y echó a andar apresuradamente por una calle lateral, perdiéndose muy pronto de vista.

Llegamos, por último, a la vista del patíbulo situado en medio de un extenso campo. Allí fue mucho mayor mi sorpresa. Ni en torno del patíbulo, ni en toda la tierra que alcanzaban los ojos, se veía tampoco una figura humana. Subí las escaleras del tablado, deteniéndome a cada instante para mirar alrededor, pues no acertaba a comprender lo que era aquello. El cielo presentaba un aspecto distinto. Su manto de nubes era más espeso; la vaporosa túnica de encaje había sido reemplazada por una cortina gris que cerraba herméticamente toda la bóveda celeste; el sol ya no tenía celosía por donde mirarnos. La llanura triste y oscura en que reposa Madrid, exhalaba un vapor trasparente que concluía por aproximar la línea vaga y fina que cierra el horizonte. Los objetos ofrecíanse indecisos y temblorosos, como si hubieran perdido sus contornos, y la luz se filtraba con trabajo por aquel cielo de algodón para sumirse luego en la tierra negra y húmeda. Respirábase en este ambiente espeso, que no hería apenas ruido alguno, cierta calma: pero una calma que oprimía en vez de refrescar el corazón.

Volví los ojos hacia la ciudad. La luz parecía que resbalaba sobre ella sin penetrarla; sus mil torrecillas no tenían fuerza para romper enteramente la atmósfera opaca que las envolvía. Mirando más y más, observé que lentamente iban elevándose desde su seno hacia el firmamento un número infinito de pequeñas columnas de humo, las cuales al extenderse en el aire se abrazaban, y juntas subían a engrosar el ya tupido velo que ocultaba al sol. Aquellas columnas de humo me hicieron pensar en los hogares que debajo de ellas había, y todo lo comprendí en un instante. En torno de aquellos hogares humeantes moraban muchos seres que no habían tenido la curiosidad perversa de bajar a la calle para verme pasar, y que ahora tampoco rodeaban el patíbulo para verme morir. Me sentí profundamente conmovido. La gratitud penetró en mi corazón como una luz del cielo, como un bálsamo dulcísimo, y perdí por completo los pocos deseos que me ligaban a la vida. «Gracias pueblo de Madrid, exclamé dirigiéndome a la ciudad: gracias, pueblo generoso y culto, por no haber venido a gozar con el espectáculo de mi muerte ignominiosa. ¡Qué hubieras ganado presenciando la suprema agonía de un infeliz! En este angustioso y solemne instante no has querido ennegrecer aún más mi situación, con la vergüenza y el oprobio. Tú naciste para algo más que para ser ayudante del verdugo. Si hubieses llegado hasta aquí, si hubieses contemplado con refinada crueldad mi vergonzosa muerte, yo te juro que al tornar a casa no serían tan serenas tus miradas como lo son ahora, ni el beso de la hija o de la esposa te sabría tan dulce. Mi agonía te hubiera quitado el sosiego, te hubiera envenenado el alma por algunas horas. Tú has sabido vencer esa feroz y brutal curiosidad que pudiera impulsarte a presenciar mi muerte, porque has adivinado que degradándome a mí, te degradabas a ti mismo. Has sido misericordioso y humano, y has respetado tu propio corazón. ¡Gracias, noble pueblo, gracias, y que el Dios de los cielos te pague tu buena obra!»

Un torrente de lágrimas salió de mis ojos al pronunciar estas palabras: un torrente de lágrimas dulces, como son siempre las del agradecimiento. Después, más sereno y animoso, senteme en el fatal banquillo, y seguí contemplando la ciudad, que empezaba a romper las brumas que la envolvían para recibir de nuevo las caricias del sol. Una mano ruda sujetó por un instante mi cabeza; un lienzo cubrió mis ojos; sentí mucha apretura en la garganta, y... desperté.

El cuello de la camisa me estaba apretando de un modo extraordinario. No hice más que soltar el botón y quedé otra vez profundamente dormido.

Notes for "El sueño de un reo de muerte":

Se veía, there was seen.

Que aún se hallaban encendidos, which were still lighted.

Compré cuantos papeles se vendían, I bought all the papers that were sold.

Tardé en conciliar el sueño, it was a long time before I fell asleep.

Que se me llevara, that they carry me.

Se pusieron, they began to.

A confesar una porción de crímenes a cual más horroroso, to confess a number of crimes each most horrible.

Yo tomé el gesto por donde más quedaba, I took his grimace in the worst sense.

Tornaron a abrir la puerta, they opened the door again.

Hay que, it is necessary.

Las cuales, refers to columnas.

Que debajo de ellas había, which there were under them.

Todo lo comprendí, I understood it all.

Presenciando, by witnessing.

Como lo son ahora, as they are now.

ERA un caballero fino, distinguido, de fisonomía ingenua y simpática. No tenía motivo para negarme a recibirle en mi habitación algunos días. El dueño de la fonda me lo presentó como un antiguo huésped a quien debía muchas atenciones: si me negaba a compartir con él mi cuarto, se vería en la precisión de despedirle por tener toda la casa ocupada, lo cual sentía extremadamente.

—Pues si no ha de estar en Madrid más que unos cuantos días, y no tiene horas extraordinarias de acostarse y levantarse, no hay inconveniente en que V. le ponga una cama en el gabinete... Pero cuidado... ¡sin ejemplar!...

—Descuide V., señorito, no volveré a molestarle con estas embajadas. Lo hago únicamente porque D. Ramón no vaya a parar a otra casa. Crea V. que es una buena persona, un santo, y que no le incomodará poco ni mucho.

Y así fue la verdad. En los quince días que D. Ramón estuvo en Madrid no tuve razón para arrepentirme de mi condescendencia. Era el fénix de los campañeros de cuarto. Si volvía a casa más tarde que yo, entraba y se acostaba con tal cautela, que nunca me despertó; si se retiraba más temprano, me aguardaba leyendo para que pudiese acostarme sin temor de hacer ruido. Por las mañanas nunca se despertaba hasta que me oía toser o moverme en la cama. Vivía cerca de Valencia, en una casa de campo, y sólo venía a Madrid cuando algún asunto lo exigía: en esta ocasión era para gestionar el ascenso de un hijo, registrador de la propiedad. A pesar de que este hijo tenía la misma edad que yo, D. Ramón no pasaba de los cincuenta años, lo cual hacía presumir, como así era en efecto, que se había casado bastante joven.

Y no debía de ser feo, ni mucho menos, en aquella época. Aún ahora con su elevada estatura, la barba gris rizosa y bien cortada, los ojos animados y brillantes y el cutis sin arrugas, sería aceptado por muchas mujeres con preferencia a otros galanes sietemesinos.

Tenía, lo mismo que yo, la manía de cantar o canturriar al tiempo de lavarse. Pero observé al cabo de pocos días que, aunque tomaba y soltaba con indiferencia distintos trozos de ópera y zarzuela deshaciéndolos y pulverizándolos entre resoplidos y gruñidos, el pasaje que con más ardor acometía y más a menudo, era uno de Los Puritanos; me parece que pertenecía al aria de barítono en el primer acto. Don Ramón no sabía la letra sino a medias, pero lo cantaba con el mismo entusiasmo que si la supiera. Empezaba siempre:

Il sogno beato
De pace e contento
Ti, ro, ri, ra, ri, ro,
Ti, ro, ri, ra, ri, ro.
Necesitaba seguir tarareando hasta llegar a otros dos versos que decían:

La dolce memoria
De un tenero amore.
Sobre los cuales se apoyaba sin cesar hasta concluir el allegro.

—¡Hola! D. Ramón, le dije un día desde la cama; parece que le gusta a V. Los Puritanos.

—Muchísimo; es una de las óperas que más me gustan. Daría cualquier cosa por conocer un instrumento para poder tocarla toda. ¡Qué dulzura hay en ella! ¡Qué inspiración! Estas son óperas y esta es música. ¡Parece mentira que ustedes se entusiasmen con esa algarabía alemana que sólo sirve para hacer dormir!... A mí me gustan con pasión todas las óperas de Bellini: El Pirata, Sonámbula, I Capuletti e di Montechi; pero sobre todas ellas Los Puritanos... Tengo además razones particulares para que me guste más que ninguna otra, añadió bajando la voz.

—¡Ole, ole, D. Ramón! exclamé incorporándome de un salto y poniéndome los calcetines: vengan esas razones.

—Sán tonterías de la juventud... cuestión de amores, contestó ruborizándose un poco.

—Pues cuente V. esas tonterías. Me muero por ellas: no lo puedo remediar, me gustan más esas cosas que la reforma de la ley Hipotecaria de que V. me habló ayer.

—¡Al fin poeta!

—No soy poeta, D. Ramón; soy crítico.

—Pues me había dicho el amo que era usted poeta... De todas maneras, se lo contaré ya que V. tiene curiosidad... Verá V. como es una tontería que no merece la pena... ¡Pero vístase V., criatura, que se está helando!

El año de cincuenta y ocho vine a Madrid con una comisión del Ayuntamiento de Valencia para gestionar la rebaja de la cuota de consumos. Tenía yo entonces... eso es, veintinueve años; y ya hacía siete cumplidos que estaba casado. Es una barbaridad casarse tan joven. Aunque no tengo motivo para arrepentirme, no aconsejaré a nadie que lo haga. Vine a parar a esta misma casa, esto es, a la misma posada; la casa estaba entonces situada en la calle del Barquillo. En aquella época, bueno será que le advierta, que me complacía en andar muy lechuguino o sietemesino, como ustedes dicen ahora, cosa que tenía siempre escamada a mi pobre mujer. ¿Para qué te compones tanto, hombre de Dios? ¿Vas de conquista? ¡Quién sabe! contestaba riendo y dejándola un poco enojada. No es malo tener a las mujeres un si es no es celosas.

Una tarde, una hermosa tarde de invierno, de las que sólo se ven en este Madrid, salí de casa después de almorzar con el objeto de hacer algunas visitas y también para espaciarme por esas calles de Dios. Iba caminando lentamente por la de las Infantas, meditando sobre el plan de la noche a sea el modo de pasarla más divertido, y saboreando un buen cigarro habano, cuando de pronto ¡zas! recibo un fuerte golpe en la cabeza que me hace vacilar; el flamante sombrero de copa fue rodando por un lado y el cigarro por otro. Cuando me recobré del susto, lo primero que vi a mis pies fue una enorme muñeca fresca, sonrosada y en camisa.

Esta buena pieza es la que ha causado el destrozo, dije para mis adentros, lanzándole una mirada iracunda que la muñeca aparentó no comprender. Mas como no era de presumir que ella por su voluntad se hubiese arrojado sobre mí de aquel modo brusco e inconveniente, pues jamás había hecho daño a ninguna muñeca, creí más probable que de alguna casa me la hubieran arrojado. Alcé la cabeza vivamente.

En efecto, el reo estaba de pie en el balcón de un primer piso, suspenso, atónito, consternado. Era una niña de trece o catorce años.

Al observar la mirada de espanto y congoja que me dirigía se templó mi furor, y en vez de lanzarle un apóstrofe violento, como tenía determinado, le mandé una sonrisa galante. Puede ser que en la formación de esta sonrisa haya intervenido más o menos directamente la belleza nada vulgar del criminal.

Recogí el sombrero, me lo puse, y volví a alzar la cabeza y a remitir otra sonrisa, acompañada esta vez de un ligero saludo. Pero mi agresor seguía inmóvil y aterrado sin darse cuenta ni poder explicarse las amables disposiciones en que su víctima se hallaba. A todo esto la muñeca seguía en el suelo inmóvil también, pero sin mostrar en modo alguno sorpresa, pesar, terror, ni siquiera vergüenza de su situación poco decorosa. Me apresuré a levantarla, cogiéndola, si mal no recuerdo, por una pierna, y me informé minuciosamente de si había padecido alguna fractura u otra herida grave. No tenía más que leves contusiones. Alcela en alto y la mostré a su dueño haciéndole seña de que iba a subir para entregársela. Y sin más dilaciones entro en el portal, subo la escalera y tomo el cordón de la campanilla... Ya está abierta la puerta. Mi lindo agresor asoma su rostro trigueño, gracioso, lleno de vida y frescura, y extiende sus manos diminutas, en las cuales deposito respetuosamente a la muñeca desmayada. Quise hablar, para dar mayor seguridad de que no era nada lo que había pasado, que la muñeca conservaba íntegros sus miembros, y yo lo mismo, y que celebraba la ocasión de conocer una niña tan hermosa y simpática, etc., etc. Nada de esto fue posible. La chica murmuró confusamente un "muchas gracias", y se apresuró a cerrar la puerta, dejándome con el discurso en el cuerpo.

Salgo a la calle un poco disgustado, como cualquier otro orador en el mismo caso, y sigo mi camino, no sin volver repetidas veces la cabeza hacia el balcón. A los treinta o cuarenta pasos observo que está la niña asomada, y me paro y la envío una sonrisa y un saludo ceremonioso. Esta vez contesta, aunque ligeramente, pero se apresura a retirarse. ¡Cuidado que era linda aquella niña! Al llegar al extremo de la calle sentí la necesidad imperiosa de verla otra vez, y di la vuelta, no sin percibir cierta vergüenza en el fondo del corazón, pues ni mi edad, ni mi estado, me autorizaban semejantes informalidades; mucho menos tratándose de tal criaturita. Ya no estaba en el balcón.

Pues yo no me voy sin verla me dije, y pián pianito, comencé a pasear la calle sin perder de vista la casa, con la misma frescura que un cadete de Estado Mayor. Después de todo, aquí nadie me conoce—me iba repitiendo a cada instante, a fin de comunicarme alientos para seguir paseando.—Además, yo no tengo nada que hacer ahora; y lo mismo da vagar por un lado que por otro.

Justamente, al cruzar tercera o cuarta vez por delante del balcón apareció en él la gentil chiquita, que al verme hizo un movimiento de sorpresa, acompañado de una mueca encantadora, se echó a reír y se ocultó de nuevo.

¡Pero, qué necios somos los hombres y qué inocentes cuando se trata de estos asuntos! ¿Querrá V. creer que entonces no sospeché siquiera que la niña había estado presenciando, sin perder uno sólo, todos mis movimientos?

Satisfecho ya el capricho, dejé la calle de las Infantas, y me fui a casa de un amigo. Mas al día siguiente, fuese casualidad o premeditación, aunque es muy probable lo último, acerté a pasar por el mismo sitio a la misma hora. Mi gentil agresor, que estaba de bruces sobre la barandilla del balcón, se puso encarnado hasta las orejas así que pudo distinguirme, y se retiró antes de que pasase por delante de la casa. Como V. puede suponer, esto lejos de hacerme desistir, me animó a quedarme petrificado en la esquina de la primer bocacalle, en contemplación estática. No pasaron cuatro minutos sin que viese asomar una naricita nacarada, que se retiró al momento velozmente, volvió a asomarse a los dos minutos y volvió a retirarse, asomose al minuto otra vez y se retiró de nuevo. Cuando se cansó de tales maniobras, se asomó por entero y me miró fijamente por un buen rato, cual si tratase de demostrar que no me tenía miedo alguno. Entonces se generalizó por entrambas partes un fuego graneado de miradas, acompanado por lo que a mí respecta de una multitud de sonrisas, saludos y otros proyectiles mortíferos, que debieron causar notables estragos en el enemigo. Éste a la media hora oyó sin duda en la sala el toque de "alto el fuego", y se retiró cerrando el balcón. No necesitaré decirle, que por más que me sintiese avergonzado de aquella aventura, seguí dando vueltas a la misma hora por la calle, y que el tiroteo era cada vez más intenso y animado. A los tres o cuatro días me decidí a arrancar una hoja de la cartera y a escribir estas palabras: Me gusta V. muchísimo. Envolví dos cuartos en la hoja, y aprovechando la ocasión de no pasar nadie, después de hacerle seña de que se retirase, la arrojé al balcón. Al día siguiente, cuando pasé por allí, vi caer una bolita de papel que me apresuré a recoger y desdoblar. Decía así, en una letra inglesa, crecida, hecha con mucho cuidado y el papel rayado para no torcer: Tan bien ustez me gusta a mí no crea que juego con muñecas era de mi ermanita.

Aunque sonreí al leer el billete amoroso, no dejó de causarme sensación dulce y amable, que muy pronto hizo sitio a otra melancólica, al recordar que me estaban prohibidas para siempre tales aventuras. Aquel día mi chiquita no salió al balcón, sin duda avergonzada de su condescendencia; pero al siguiente la hallé dispuesta y aparejada al combate de miradas, señas y sonrisas, que ya no escasearon por ambas partes. Una hora o más duraba todas las tardes este juego, hasta que se oía llamar y se retiraba apresuradamente. La pregunté por señas si salía de paseo, y me contestó que sí: y en efecto, un día aguardé en la calle hasta las cuatro y la vi salir en compañía de una señora, que debía de ser su mamá, y de dos hermanitos. Seguiles al Retiro, aunque a respetable distancia, porque me hubiera causado mucha vergüenza el que la mamá se enterase la chiquilla, con menos prudencia, volvía a cada instante la cabeza y me dirigía sonrisas, que me tenían en continuo sobresalto. Al fin volvimos a casa en paz. A todo esto, yo no sabía cómo se llamaba, y a fin de averiguarlo escribí la pregunta en otra hoja de la cartera: ¿Cómo se llama V.? La chica contestó en la misma letra inglesa y crecida, con el papel rayado: Me llamo Teresa no crea ustez por Dios que juego con muñecas.

Diez o doce días se transcurrieron de esta suerte. Teresa me parecía cada día más linda, y lo era en efecto, porque según he averiguado en el curso de mi vida, no hay pintura, raso ni brocado que hermosee tanto a la mujer como el amor. La pregunté repetidas veces si podía hablar con ella, y siempre me contestó que era de todo punto imposible: si la mamá llegaba a saber algo ¡adiós balcón! Empecé a sospechar que me iba enamorando y esto me traía inquieto. No podía pensar en aquella niña sin sentir profunda melancolía como si personificase mi juventud, mis ensueños de oro, todas mis ilusiones, que para siempre estaban separados de mí por barrera infranqueable. Al mismo tiempo me acosaban los remordimientos. ¡Cuál sería el dolor de mi pobre mujer si llegase a averiguar que su marido andaba por la corte enamorando chiquillas! Un día recibí carta suya, participándome que tenía a mi hijo menor un poco indispuesto, y rogándome que procurase arreglar los negocios y volviese pronto a casa. La noticia me produjo el disgusto que V. puede suponer; porque siempre he delirado por mis hijos: y como si aquello fuese castigo providencial o por lo menos advertencia saludable, después de grave y prolongada meditación, en que me eché en cara sin piedad, mi conducta infame y ridícula, canté sin rebozo el yo pecador y resolví obedecer a mi esposa inmediatamente. Para llevar a cabo este propósito, lo primero que se me ocurrió fue no acordarme más de Teresa, ni pasar siquiera por su calle, aunque fuese camino obligado: después, abreviar cuanto pudiese los asuntos. Según mis cálculos quedaría libre a los cinco o seis días.

Ya no seguí, pues, la calle de las Infantas como acostumbraba después de almorzar, ni aun para ir a la de Valverde, donde vivían unos amigos. Por la noche, después de comer, como no había peligro de ver a Teresa, la cruzaba velozmente y sin echar una mirada a la casa.

Pasaron cuatro días; ya no me acordaba de aquella niña, o si me acordaba era de un modo vago, como la memoria de los días risueños de la juventud. Tenía casi ultimados mis negocios y andaba preocupado con la elección del día para marcharme. Será cosa, a más tardar, del viernes o el sábado, me dije después de comer, encendiendo un cigarro y echándome a la calle. El ministro se había negado a rebajar la cuota del Ayuntamiento, lo cual me tenía muy disgustado. Pensando en lo que había de decir a mis colegas cuando me viese entre ellos, y en el modo mejor de explicarles la causa del fracaso, crucé la plaza del Rey y entré en la calle de las Infantas. La noche era espléndida y bastante templada; llevaba abierto el gabán y caminaba lentamente gozando con voluptuosidad de la temperatura, del cigarro y de la seguridad de ver pronto a mi familia. Al pasar por delante de la casa de la niña me detuve y la contemplé un instante casi con indiferencia. Y seguí adelante murmurando: "¡Qué chiquilla tan mona! ¡Lástima será que se la lleve un tunante!" Después me puse a reflexionar en lo fácil que me hubiera sido jugar una mala pasada al alcalde y alzarme con el cargo; pero no; hubiera sido una felonía. Por más que fuese un poco díscolo y soberbio, al fin era amigo: tiempo me quedaba para ser alcalde. Pero cuando más embebido andaba en mis pensamientos y planes políticos, y cuando ya estaba proximo a doblar la esquina de la calle, he aquí que siento un brazo que se apoya en el mío y una voz que me dice:

—¿Va V. muy lejos?

—¡Teresa!

Los dos quedamos mudos por algunos instantes; yo contemplándola estupefacto; ella con la cabeza baja y sin abandonar mi brazo.

—¿Pero dónde va V. a estas horas?

—Me voy con V.—contestó alzando la cabeza y sonriendo como si dijese la cosa más natural del mundo.

—¿A dónde?

—¡Qué sé yo! Donde V. quiera.

A un mismo tiempo sentí escalofríos de placer y de miedo.

—¿Ha huido V. de su casa?

—¡Qué había de huir!... solamente se la he jugado a Manuel, del modo más gracioso!... Verá V. cómo se ríe... Me empeñé hoy en ir a la tertulia de unas primas, que viven en la calle de Fuencarral, y papá mandó a Manuel que me acompañase. Llegamos hasta el portal y allí le dije: márchate, que ya no haces falta; y me hice como que subía la escalera, pero en seguida di la vuelta sin llamar y me vine detrás de él hasta casa... ¡Cuando le vi entrar me dio una risa, que por poco me oye!

La chiquilla se reía aún, con tanta gana y tan francamente, que me obligó a hacer lo mismo.

—¿Y V. por qué ha hecho eso?—le pregunté con la falta de delicadeza, mejor dicho, con la brutalidad de que solemos estar tan bien provistos los caballeros.

—Por nada—repuso desprendiéndose de mi brazo repentinamente y echando a correr.

La seguí y la alcancé pronto.

—¡Qué polvorilla es V.!—le dije echándolo a broma—¡Vaya un modo de despedirse!... Perdón si la he ofendido...

La niña, sin decir nada, volvió a tomar mi brazo. Caminamos un buen pedazo en silencio. Yo iba pensando ansiosamente en lo que iba a decir o en lo que iba a hacer, sobre todo en lo que iba a hacer. Al fin, Teresa lo rompió, preguntándome resueltamente:

—¿No me dijo V. por carta que me quería?

—¡Pues ya lo creo que la quiero a V.!

—¿Entonces, por qué ha dejado de venir a verme y de pasar por la calle de día?

—Porque temía que su mamá...

—Sí, sí, porque los hombres son todos muy ingratos y cuanto más se les quiere es peor... ¿Piensa V. que yo no lo sé?... Me ha tenido V. al balcón todas estas tardes esperándole; ¡pero que si quieres!... Por la noche detrás de los cristales, le veía pasar, muy serio, muy serio, sin mirar siquiera hacia mi casa... Yo decía, ¿estará enfadado conmigo? ¿Por qué se habrá enfado? ¿Será porque he cerrado el balcón a las tres menos cuarto? En fin, todo me volvía cavilar, cavilar, sin sacar nada en limpio... Entonces dije: voy a darle un susto esta noche...

—Ha sido un susto muy agradable.

—Si no llega V. a pararse delante de mi casa y a quedarse mirando a los balcones, no salgo del portal... pero aquello me decidió.

Momento de pausa, en el cual me acudió a la mente un tropel de pensamientos que todavía me avergüenzan. Teresa volvió a mirarme fijamente.

—¿Está V. contento?

—¡Vaya!

—¿Va V. a gusto conmigo?

—Mejor que con nadie en el mundo.

—¿No le estorbo?

—Al contrario, siento un placer como usted no puede figurarse.

—¿No tiene V. nada que hacer ahora?

—Absolutamente nada.

—Entonces vamos a pasear: cuando llegue la hora, V. me lleva a casa y mamá se figura que me trajo el criado de las primas... Pero si le estorbo o no le gusta pasear conmigo, dígamelo V... me voy en seguida...

Yo le contesté apretándole el brazo y tirándole suavemente por la mano para encajárselo bien en el mío. Teresa continuó hablando con graciosa volubilidad.

—Parece mentira que seamos tan amigos ¿no es verdad? Yo pensé cuando le dejé caer la muñeca encima que le había matado... ¡Qué miedo tuve! ¡Si V. viera!... Vamos a ver ¿por qué en lugar de enfadarse se sonrió V. conmigo?

—¡Toma! porque me gustó V. mucho.

—Eso pensaba yo: debí de haberle sido simpática, porque sinó la verdad es que tenía motivo para ponerse furioso. Todavía cuando V. subió a llevármela estaba muerta de miedo y por eso cerré tan pronto la puerta... ¡Dichosa muñeca! Me dio tal rabia que la tiré contra el suelo y la partí un brazo.

—Pues no debe V. tratarla mal; al contrario, debe V. conservarla como un recuerdo.

—¿Sabe V. que tiene razón? Si no hubiera sido por la muñeca no nos hubiéramos conocido... ni sería V. mi novio;... porque tengo otro...

—¿Cómo otro?

—Es decir, ya no lo tengo: lo tenía... Es un primo que está empeñado en que le he de querer a la fuerza... No vaya V. a creer que es feo... al contrario, es guapo... pero a mí no me gusta... No lo puedo remediar. Le dije que sí, porque me dio lástima un día que se echó a llorar.

Mientras conversábamos de esta suerte íbamos caminando sosegadamente por las calles. Para evitar el encuentro con cualquier pariente o conocido de la niña, procuré seguir las menos principales. Teresa iba cogida a mi brazo como al de un antiguo amigo, hablando sin cesar, riendo, sacudiéndome a veces fuertemente y deteniéndose a lo mejor delante de un escaparate, para hacerme mirar cualquier chuchería. Su charla era un gorjeo dulce, insinuante, que me conmovía y refrescaba el corazón; a impulso de ella se fue disipando poco a poco el tropel de pensamientos pérfidos que vagaba por mi cabeza. Sin saber de qué modo, también desaparecieron todos mis temores; me figuraba que aquella niña tenía algún parentesco conmigo, y no hallaba extraordinaria y peligrosa nuestra situación como al principio. Su inocencia era un velo espeso, que nos impedía ver el riesgo que corríamos.

En poco tiempo me contó una infinidad de cosas. Era de Jerez; no hacía más que un año que estaban en Madrid establecidos; su papá ocupaba un alto empleo; tenía dos hermanitos y una hermanita. Acerca del carácter y costumbres de cada uno de ellos se extendió considerablemente; la hermanita era muy buena niña, amable y obediente; pero los chicos insufribles; todo el día gritando, ensuciando la casa y peleándose. Su mamá le había dado jurisdicción sobre ellos hasta para castigarles, pero no quería usar de ella porque tenía miedo de que le perdiesen el cariño: que la mamá se arreglara como pudiese. Después habló del papá, que era muy serio, pero muy bueno; lo único que la tenía apesadumbrada era que parecía querer más a los chicos que a ellas. La mamá, en cambio, mostraba predilección por las niñas. Habló después de las primas de la calle de Fuencarral; una era muy bonita, la otra graciosa solamente: las dos tenían novio, pero no valían cuatro cuartos: chiquillos que todavía estudiaban en el Instituto. Tenían, además, un hermano, que era el primo que había sido su novio; éste ya era bachiller y se estaba preparando para entrar en el colegio de Artillería. De vez en cuando, en los cortos intervalos de silencio levantaba graciosamente la cabeza, preguntándome:

—¿Va V. a gusto conmigo? ¿Le estorbo?

Y cuando me oía protestar vivamente contra semejante duda, su rostro expresivo se iluminaba de alegría y continuaba hablando.

Habíamos recorrido algunas calles. Ya puede V. imaginarse que yo iba gozando como los ángeles en el paraíso, y pendiente de los labios de aquella niña, que al referirme todas las nonadas infantiles de su vida, parecía infundir en mi alma encantada la ciencia de la dicha. Sin embargo, no podía desechar cierta vaga inquietud que turbaba mi alegría. Buscando manera de pasar las horas de que disponíamos más dignamente que vagando por las calles, tropezamos al bajar la cuesta de Santo Domingo con el Teatro Real. Al instante se me ocurrió la idea de entrar: Teresa la aceptó inmediatamente, y a fin de que no reparasen en nosotros, tomamos entradas de paraíso. Se cantaba Los Puritanos, y aquél rebosaba de gente; de suerte que nos costó algún trabajo introducirnos y escalar uno de los rincones; pero al cabo llegamos. Teresa se encontró admirablemente y me pagaba los trabajos que había pasado para llevarla hasta allí con mil sonrisas y palabras amables. Mientras subían el telón seguimos charlando, aunque muy bajito: se había establecido entre nosotros una gran intimidad, y me abandonó una de sus manos que yo acariciaba embelesado. Cuando empezó la ópera dejó de charlar y se puso a atender tan decididamente, que a mí me hizo sonreír el verla con la cabecita apoyada en la pared y los ojos estáticos. Sabía música, pero había ido al teatro pocas veces; así que las melodías inspiradas de la ópera de Bellini le causaban profunda impresión, que se traducía por un leve temblor de las pupilas y los labios. Cuando llegó el sublime canto del tenor que empieza A te, oh cara, me apretó con fuerza la mano exclamando por lo bajo:—¡Oh qué hermoso! ¡oh qué hermoso! Después me hizo explicarle lo que pasaba en la : halló el matrimonio del tenor y la tiple muy proporcionado, pero compadecía de veras al barítono, a quien birlaban la novia; quedó sumamente disgustada cuando al fin del acto el tenor se ve en la precisión de acompañar a la reina y dejar abandonada a su futura, y declaró resueltamente que esta era una conducta indigna.

—Pero advierta V. que estaba obligado a hacerlo porque era su reina quien se lo pedía.

—No importa, no importa; si la quisiera bien no hay reina que valga. Lo primero siempre es la novia.

No me fue posible arrancarle tan extraña teoría de la cabeza. Después que bajó el telón permanecimos en el mismo sitio y me obligó a contarle mi vida y milagros, cuántas novias había tenido, a quién había querido más, etc., etc. Ya comprenderá usted que necesité ensartar un sin fin de patrañas. Después, sin motivo alguno serio, manifestó rotundamente que todos los hombres eran ingratos. Yo me atreví a apuntar que había excepciones, pero no fue posible hacérselo reconocer.—Usted será lo mismo que todos (anunció en tono profético y mirando a un punto del espacio); me querrá V. un poco de tiempo, y después... si te vi, no me acuerdo.

¡Qué rato tan delicioso y tan infernal a la vez, me estaba haciendo pasar aquella niña! Para llevar la conversación a otro punto, le pregunté:

—¿Cuántos años tiene V.? Hasta ahora no me lo ha dicho.

—Tengo... tengo... mire V., yo siempre digo que tengo catorce, pero la verdad es que no tengo más que trece y dos meses... ¿y V.?

—¡Una atrocidad! No me lo pregunte usted, que me da vergüenza.

—¡Ah qué presumido! ¡Si yo le he de querer lo mismo que tenga muchos que pocos!

En seguida me propuso que nos tratásemos de tú, pero después de aceptado se volvió atrás ofreciéndome que yo la tratase de tú y ella siguiese con el V. No quise conformarme.

—Pues mire V., yo no puedo hablarle de tú; me da mucha vergüenza... Pero, en fin, vamos a ensayar.

Del ensayo resultó que para evitar el pronombre daba la pobrecilla infinidad de rodeos y se metía en una serie interminable de perífrasis: si se aventuraba a dirigirme un tú, lo hacía bajando la voz y pasando como sobre ascuas.

Cuando empezó el segundo acto, volvió a escuchar atentamente. Mis ojos no se apartaban casi nunca de su rostro: ella entornaba a menudo los suyos para dirigirme una sonrisa apretando al mismo tiempo mi mano. Observé, no obstante, que se había amortiguado un poco la viva expresión de su fisonomía y que iba perdiendo aquella graciosa volubilidad del principio. Las sonrisas de sus labios se fueron haciendo tristes, y por la cándida frente pasó una ráfaga de inquietud que comunicó a su lindo rostro infantil cierta grave expresión que no tenía. Parecía que en virtud de un misterioso movimiento de su espíritu, la niña se transformaba en mujer en pocos instantes. Dejó de apretar mi mano y hasta retiró la suya: volví a cogerla disimuladamente, pero al poco tiempo la retiro de nuevo.

El segundo acto había terminado. Al bajarse el telón me hizo mirar el reloj, y viendo las once, dijo que era necesario partir en seguida, porque a las once y media, a más tardar, iba el criado a buscarla.

Salimos del teatro. La noche seguía tibia y estrellada: a la puerta aguardaba una larga fila de coches, que nos fue preciso evitar. Ya no había en las calles el movimiento de las primeras horas, pero con todo, seguimos las más solitarias. Teresa no quiso aceptar mi brazo como antes. Entonces me tocó llevar la voz cantante, y la dije al oído mil requiebros y ternezas, explicándola por menudo el amor que me había inspirado y lo que había sufrido en los días en que no pasé por su calle: recordele todos los pormenores, hasta los más insignificantes, de nuestro conocimiento visual y epistolar, y le di cuenta de los vestidos que le había visto y de los adornos, a fin de que comprendiese la profunda impresión que me había causado. Nada replicaba a mi discurso; seguía caminando cabizbaja y preocupada, formando su actitud notable contraste con la que tenía tres horas antes al pasar por los mismos sitios. Cuando me detuve un instante a respirar, exclamó sin mirarme:

—Hice una cosa muy mala, muy mala. ¡Dios mío, si lo supiese papá!

Traté de probarle que su papá no podía enterarse de nada, porque llegaríamos demasiado temprano.

—De todas maneras, aunque papá no se entere, hice una cosa muy mala. Usted bien lo sabe, pero no quiere decirlo: ¿No es verdad que una niña bien educada no haría lo que yo hice esta noche?... ¡Si lo supiesen mis primas, que están deseando siempre cogerme en alguna falta!... Pero no piense V..., por Dios, que lo he hecho con mala intención... Yo soy muy aturdida... todo el mundo lo dice... pero también dicen que tengo buen fondo.

Al proferir estas palabras se le había ido anudando la voz en la garganta, hasta que se echó a llorar perdidamente. Me costó mucho trabajo calmarla, pero al fin lo conseguí elogiando su carácter franco y sencillo y su buen corazón, y prometiendo quererla y respetarla siempre. Me hizo jurar una docena de veces que no pensaba nada malo de ella. Después de secarse las lágrimas recobró su alegría y comenzó a charlar por los codos. Me expuso en pocos instantes una infinidad de proyectos a cual más absurdo: según ella, debía presentarme al día siguiente en casa, y pedirle al papá su mano: el papá diría que era muy niña, pero yo debía replicarle inmediatamente que no importaba nada: el papá insistiría en que era demasiado pronto, pero yo le presentaría el ejemplo de una tía, hermana de su mamá, que estaba jugando a las muñecas cuando la avisaron para ir a casarse. ¿Que había de oponer a este poderoso argumento? Nada seguramente. Nos casaríamos, y acto continuo nos iríamos a Jerez, para que conociese a sus amigas y a sus tíos. ¡Qué susto llevarían todos al verla del brazo de un caballero, y mucho más, cuando supieran que este caballero era su marido!

Estaba tan linda, tan graciosa, que no pude menos de pedirle con vehemencia que me permitiese darla un beso. No fue posible. Ningún hombre la había besado hasta entonces; solamente su primo la había dado un beso a traición, pero le costó caro, porque le dejó caer dos vasos de limón sobre la cabeza: hasta en los juegos de prendas hacía que pusieran las manos delante, para que no le tocasen la cara con los labios. Pero cuando estuviésemos casados, ya sería otra cosa; entonces todos los besos que se me antojaran, aunque sospechaba que no se los pediría con tanto ardor como ahora.

Estábamos próximos ya a su casa. Los carruajes de la gente que volvía de las tertulias, al cruzar a nuestro lado, apagaban la voz de Teresa y la obligaban a esforzarla un poco. Las estrellas desde el cielo nos hacían guiños, como si nos invitasen a gozar apresuradamente de aquellos momentos felices, que no habían de volver. A lo lejos sólo se veían, como fuegos fatuos, los faroles de los serenos.

Llegamos por fin a casa. Delante de la puerta, Teresa volvió a hacerme jurar que no pensaba nada malo de ella, y que al día siguiente a las dos en punto de la tarde, me presentaría debajo de sus balcones.

—Cuidado que no faltes.

—No faltaré, preciosa.

—¿A las dos en punto?

—A las dos en punto.

—Llama ahora con un golpe a la puerta.

Cogí la aldaba y di un golpe fuerte. Al poco rato se oyeron los pasos del portero.

—Ahora—dijo en voz bajita y temblorosa—dame un beso y escápate de prisa.

Al mismo tiempo me presentaba su cándida y rosada mejilla. Yo la tomé entre las manos y la apliqué un beso... dos... tres... cuatro... todos los que pude hasta que oí rechinar la llave. Y me alejé a paso largo.

Dejó de hablar D. Ramón.

—¿Y después, qué sucedió?—le pregunté con vivo interés.

—Nada, que aquella noche no pude dormir de remordimientos y al día siguiente tomé el tren para mi pueblo.

—¿Sin ver a Teresa?

—Sin ver a Teresa.